글벗시선 140 최봉희 일곱 번째 시조집

사랑 꽃(3)

최봉희 지음

도서출판 글벗

사랑꽃(3)

최봉희 시조집

시와 그림(2)

– 시조 최봉희, 손글씨 청악 이홍화 명인

두고 온 시간들을
글말로 그린 그림
산과 들 하늘마다
추억이 걸려 있다
이따금 바람이 불면
손 흔드는 외로움

빗물에 젖은 오후
햇살은 다시 반짝
행복은 추억처럼
그림에 시를 쓴다
마침내 마음의 시선
목숨처럼 내건다

2021년 7월

차 례

제2부 처음처럼

제3부 사랑의 향기

제4부 라벤더 향기

글벗으로

글벗 최봉희

날마다 글벗문학
가슴으로 읽으면서
행복한 글벗으로
사랑을 적습니다
오늘도 새로운 만남
꿈을 갖고 달려요

이미 만들어진 길
편안함을 버리고
새로운 시작으로
꿈꾸는 글벗으로
날마다 새로운 도전
기쁨으로 만나요

즐겁게 글을 빚어
행복을 꿈꾸듯이
글벗문학이라 쓰고
사랑으로 읽습니다
이제는 글꽃을 피워
글빛으로 만나요

제1부

꽃처럼 나무처럼

사랑꽃 22
최봉희 詩

사랑을 표현하라
뜨거운 가슴으로

따뜻한 글말을 찾아
서로를 마주 보라

추억의
화관을 쓰고
그리움을 읽는 날

사랑꽃(22)

- 시조 최봉희, 손글씨 박윤규

사랑을 표현하라
뜨거운 가슴으로

따뜻한 글말 찾아
서로를 마주 보라

추억의
화관을 쓰고
그리움을 읽는 날

사랑꽃·22
최봉희 능축

사랑을 표현하라
뜨거운 가슴으로

따뜻한 글말 찾아
서로를 마주 보라

추억의
화관을 쓰고
그리움을 엮는 날

정원의
보숙은꽃글씨 최봉

14_ 최봉희 시조집 – 사랑꽃(3)

동백꽃

큰바다 울음소리
산자락에 저물때
지평선 그리움을
수평선에 던져놓고
차디찬 노을빛 울음
가슴속에 꽃
피는

— 최봉희 글 —
선영쓰다

동백꽃

– 시조 최봉희, 손글씨 최순하, 우양순, 조성숙

큰 바다
웃음소리
산자락에 머물 때에

지평선
그리움을
수평선에 던져 놓고

차디찬
노을빛 울음
가슴 속에 피는 꽃

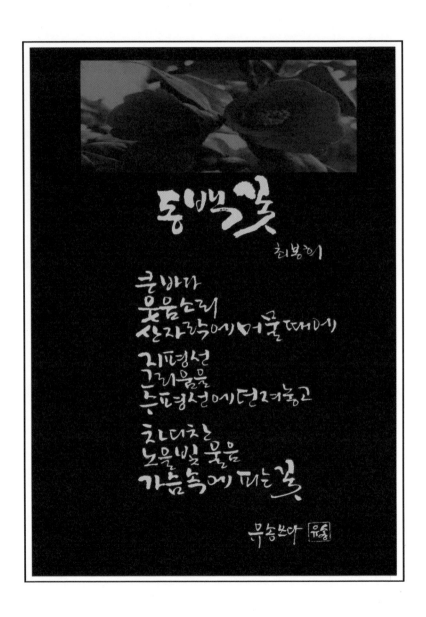

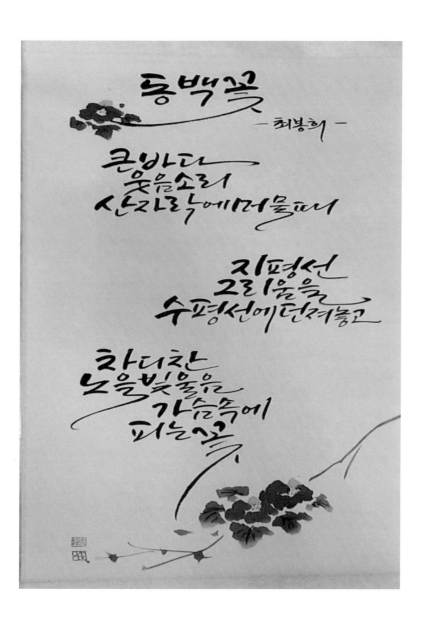

동백꽃

— 최봉희 —

큰바다
웃음소리
산자락에머물때

지평선
그리움을
수평선에던져놓고

차디찬
노을빛을을
가슴속에
피는꽃

여름밤

논배미
달이 뜨면
마음을 협상하고

문간등
붉은 웃음
개구리 신명나고

무더위 무한 승률이고
고즈넉이
웃는다

詩 최봉희
연吉 쓰다

여름밤

– 시조 최봉희, 손글씨 정봉재

논배미
달이 뜨면
마음을 합장하고

문간 등
붉은 웃음
개구리 신명 나고

무더위
한숨 돌리고
고즈넉이 웃는다

꽃살이   최 봉 희

가녀린
꽃잎 열어
순간을 활짝 피다

꽃망울
이슬처럼
흙으로 가는 인생

아! 낙화
그래로 지랴
무슨 향기 남기랴

꽃살이
-시조 최봉희, 손글씨 이하묵

가녀린
꽃잎 열어
순간을 활짝 피다

꽃망울
이슬처럼
흙으로 가는 인생

아! 낙화
그대로 지랴
무슨 향기 남기랴

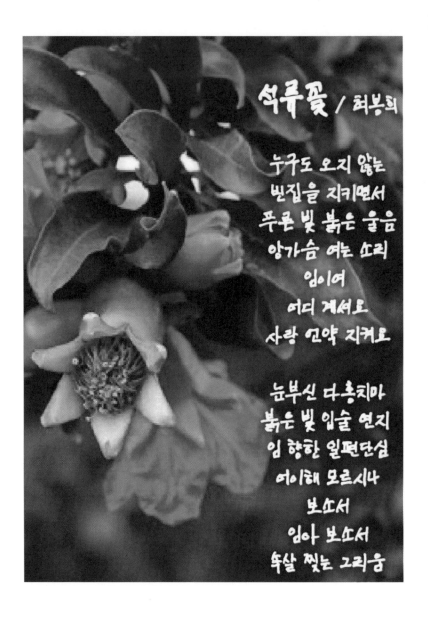

석류꽃 / 최봉희

누구도 오지 않는
빈집을 지키면서
푸른 빛 붉은 울음
앙가슴 여는 소리
임이여
어디 계셔요
사랑 고약 지켜요

눈부신 다홍치마
붉은 빛 입술 연지
임 향한 일편단심
어이해 모르시나
보소서
임아 보소서
속살 찢는 그리움

석류꽃

- 시조 최봉희

누구도 오지 않는
빈집을 지키면서
푸른 빛 붉은 울음
앙가슴 여는 소리
임이여
어디 계셔요
사랑 언약 지켜요

눈부신 다홍치마
붉은빛 입술연지
임 향한 기다림을
어이 해 모르시나
보소서
임아 보소서
속살 찢는 그리움

백합꽃

가슴꼭꼭 고운을 그리움 달래보며
연세 받으소 받으소 이 물 떨어 받으지오
붕긋한 젖가슴 되면 말끔한 꽃 그향기

최봉희글 레송꽃짚

백합꽃

-시조 최봉희, 손글씨 김영섭

가슴에 꼬옥 품은
그리움 펼쳐보면
언제나 뽀얀 미소
울 엄니 만나지요

봉긋한
젖가슴 여는
알싸한 꿈 그 향기

어제는
추억 담긴 오늘을 선물하고

오늘은
감사한 뜻 희망을 나누지요

당신은
우리를 향한 하나님의 첫사랑

최봉희 님의 「사랑의 선물」

사랑의 선물

– 시조 최봉희, 손글씨 이양희

어제는 추억 담긴
오늘을 선물하고

오늘은 감사한 뜻
희망을 나누지요

당신은
우리를 향한
하나님의 첫사랑

하늘에 달이 뜨고
고요가 밀려오면
홀로 선 마음 한쪽
사색의 뜰을 펴고
해맑은 글 마음 엮어
사랑 한 올 수놓다

고운 예 앉아 최봉희 님 글 꽃담 쓴다

고요에 앉아

– 시조 최봉희, 손글씨 안경희

하늘에 달이 뜨고
고요가 밀려오면

홀로 선 마음 한쪽
사색의 뜰을 펴고

해맑은
글 마음 엮어
사랑 한 올 수놓다

천천히 가는 님에
너무나 조급하고

가다가 멈추시면
그날이 두렵다네

이제는
서쪽을 향한
해거름 속 달 또네

해늘그리고 / 최봉희
꽃담쓰다

해는 지고

– 시조 최봉희, 손글씨 안경희

천천히 가는 것에
너무나 조급하고

가다가 멈추게 될
그날이 두렵다네

이제는
서쪽을 향한
해거름 속 달 뜨네

꽃다지　최봉희

발두둑
작은 꽃물
노란꽃 설렌 가슴

무리진
사랑마다
희망을 품에 안고

온누리
가녀린 웃음
마음먼저 피는 꽃

꽃다지

−시조 최봉희, 손글씨 이하묵

밭두둑
작은 꽃물
노란 꽃 설렌 가슴

무리 진
사랑마다
희망을 품에 안고

온 누리
가녀린 웃음
마음 먼저 피는 꽃

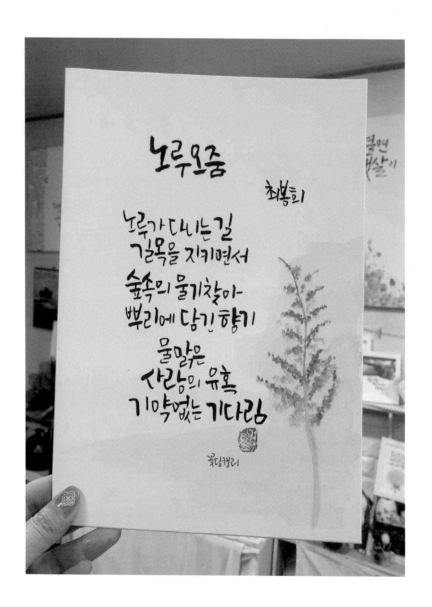

노루오줌

최봉희

노루가 다니는 길
길목을 지키면서

숲속의 물기찾아
뿌리에 담긴 향기

물맑은
사랑의 유혹
기약없는 기다림

꽃담캘리

노루오줌

-시조 최봉희, 손글씨 안경희

노루가 다니는 길
길목을 지키면서

숲속의 물기 찾아
뿌리에 담은 향기

물 맑은
사랑의 유혹
기약 없는 기다림

- 타래난초 / 최 봉 희

물 빠짐 좋은 곳에
햇볕을 마주하고
나선형 고인 줄기
빙빙빙 꽃 피우네
하늘을 열망하듯이
솟아오른 그리움
푸른빛 꽃대궁을
하늘로 펼친 소망
수줍게 꽃을 피운
분홍빛 부끄러움
올올이 가슴 설렌 꿈
어린 소녀 만난다

타래난초

-시조 최봉희

물 빠짐 좋은 곳에
햇볕을 마주하고
나선형 꼬인 줄기
빙빙빙 꽃 피우네
하늘을 열망하듯이
솟아오른 그리움

푸른빛 꽃대궁을
하늘로 펼친 소망
수줍게 꽃을 피운
분홍빛 부끄러움
올올이 가슴 설렌 꿈
어린 소녀 만나네

사랑책

소박한 꿈의 노래
진심을 펼친 무대
힘차게 살아온 날
차분히 그려가듯
마음문
활짝 열고서
행복 찾는 예술가

최봉희님글 Yanghee 쓰다

사람책(I)

- 시조 최봉희, 손글씨 이양희

소박한 꿈의 노래
진심을 펼친 무대

힘차게 살아온 날
차분히 그려가듯

마음 문
활짝 열고서
행복 찾는 예술가

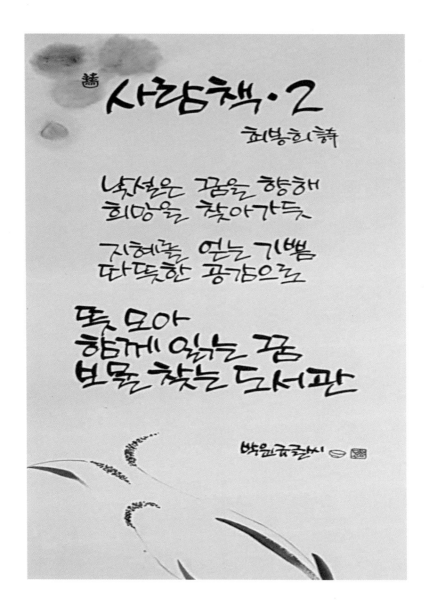

사랑책·2

최봉희 詩

낯설은 꿈을 향해
희망을 찾아가듯

지혜를 얻는 기쁨
따뜻한 공감으로

뜻 모아
함께 읽는 꿈
보물 찾는 도서관

백윤금글씨

사람책 (2)

- 시조 최봉희, 손글씨 박윤규

낯설은 꿈을 향해
희망을 찾아가듯

지혜를 얻는 기쁨
따뜻한 공감으로

뜻 모아
함께 읽는 꿈
보물 찾는 도서관

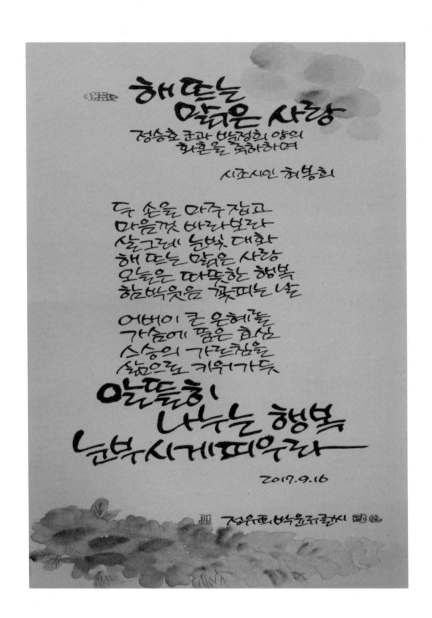

해 뜨는
맑은 사랑
정승효 군과 박달정희 양의
화혼을 축하하며

시조시인 최봉희

두 손을 마주 잡고
마음껏 바라보다
살그레 눈빛 대화
해 뜨는 맑은 사랑
오늘은 따뜻한 행복
함박웃음 꽃피는 날

어버이 큰 은혜를
가슴에 품은 효심
스승의 가르침을
삶으로 키워가듯
알뜰히
나누는 행복
늘 부시게 피워라

2017. 9. 16

정승효·박달정희 군혼시

44_ 최봉희 시조집 – 사랑꽃(3)

해 뜨는 맑은 사랑

- 정승호 군과 박정희 양의 화혼을 축하하며

시조 최봉희, 손글씨 박윤규

두 손을 마주 잡고
마음껏 바라보라
살그레 눈빛 대화
해 뜨는 맑은 사랑
오늘은 따뜻한 행복
함박웃음 꽃피는 날

어버이 큰 은혜를
가슴에 새기면서
스승의 가르침을
삶으로 키운 사랑
알뜰히 나누는 행복
눈부시게 피우라

꽃처럼 나무처럼

- 김동욱 군과 백예나 양의 화혼을 축하하며

시조 최봉희, 손글씨 박윤규

서로의 이름 불러
희망을 만난 오월
꽃처럼 나무처럼
한 마음 사랑으로
서로가 아름다운 꿈
행복한 꽃 피었네

애틋한 마음으로
사랑을 표현하라
빛나는 웃음으로
행복을 펼쳐보라
둘이서 행복한 사랑
아름다운 이름 되라

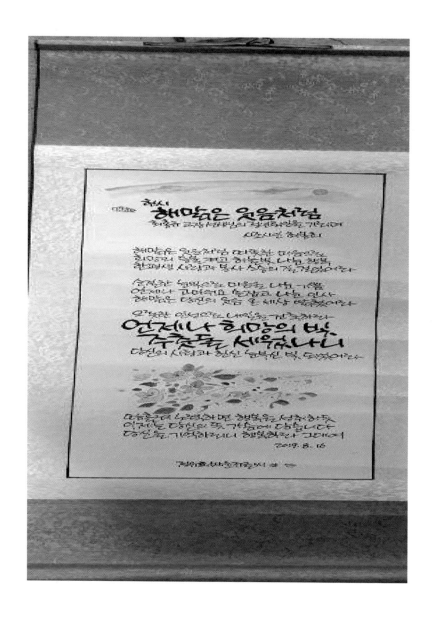

해맑은 웃음처럼

- 최홍규 교장 선생님의 정년퇴임을 기리며

시조 최봉희, 손글씨 박윤규

해맑은 웃음처럼 따뜻한 마음으로
희망의 등불 켜고 하늘빛 나눈 행복
한평생 사랑과 봉사 스승의 길 걸었어라

순결한 눈빛으로 마음을 나눈 기쁨
언제나 고마워요. 손잡고 나눈 인사
해맑은 당신의 웃음 온 세상 밝혔어라

오롯한 인성으로 내일을 건축하라
언제나 희망의 빛 주춧돌 세웠나니
당신의 사랑과 헌신 눈부신 빛 되었어라

땀 흘려 노력하면 행복을 성취하듯
이제는 당신의 뜻 가슴에 담습니다
당신을 기억하리니 행복하라 그대여

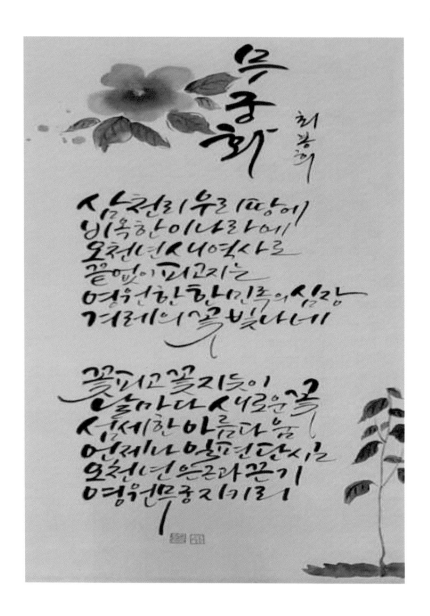

무궁화
최봉희

삼천리 우리 땅에
비옥한 이 나라에
오천년 긴 역사를
끝없이 피고지는
영원한 한민족의 심장
겨레의 꽃 빛나네

꽃 피고 꽃 지듯이
달마다 새로운 꽃
섬세한 아름다움
언제나 올 꽃 단심을
오천년 은근과 끈기
영원 무궁 지키리

무궁화(無窮花)

– 시조 최봉희, 손글씨 조성숙

삼천리 우리 땅에
비옥한 이 나라에
오천 년 새 역사로
끝없이 피고 지는
영원한 한민족 심장
겨레의 꽃 빛나네

꽃 피고 꽃 지듯이
날마다 새로운 꽃
섬세한 아름다움
언제나 일편단심
오천 년 은근과 끈기
영원무궁 지키리

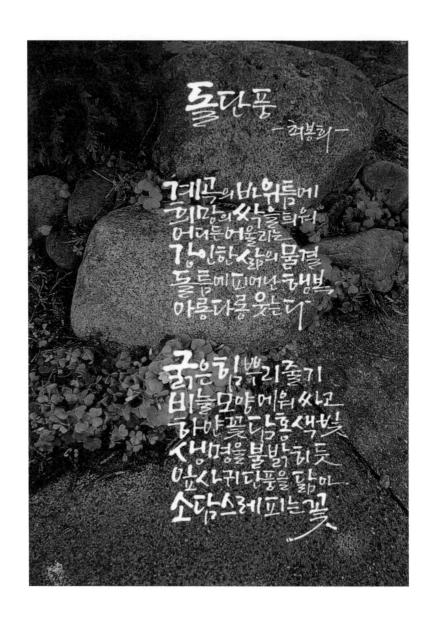

돌단풍

―최봉희―

계곡의 바위틈에
희망의 싹을 틔워
어디든 어울리는
강인한 삶의 물결
돌틈에 피어난 행복
아름다롭 웃는다

굵은힘뿌리줄기
비늘모양 에워싸고
하얀꽃 담홍색빛
생명을 불밝히듯
잎사귀 단풍을 닮아
소담스레 피는꽃

돌단풍

– 시조 최봉희, 손글씨 조성숙

계곡의 바위틈에
희망의 싹을 틔워
어디든 어울리는
강인한 삶의 물결
돌 틈에 피어난 행복
아롱다롱 웃는다

굵은 힘 뿌리줄기
비늘 모양 에워싸고
하얀 꽃 담홍색 빛
생명을 불 밝히듯
잎사귀 단풍을 닮아
소담스레 피는 꽃

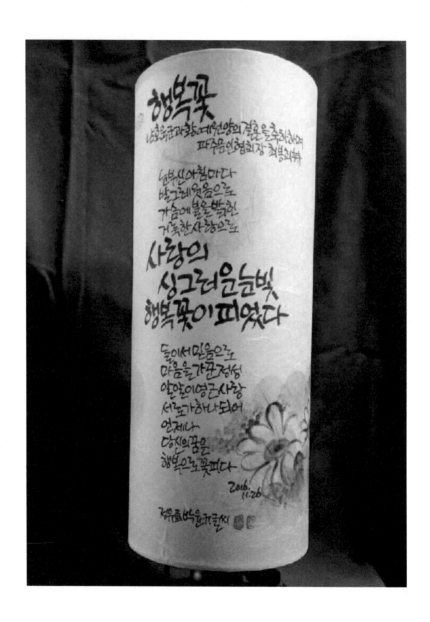

행복꽃

– 남효욱 군과 황예원 양의 결혼을 축하하며

시조 최봉희, 손글씨 박윤규

눈부신 아침마다
발그레 웃음으로
가슴에 불을 밝힌
거룩한 사랑으로
사랑의 싱그런 눈빛
행복꽃이 피었다

둘이서 믿음으로
마음을 가꾼 정성
알알이 영근 사랑
서로가 하나 되어
언제나 당신의 꿈은
행복으로 피었다

제2부

처음처럼

글쓰는 마음마다
꽃처럼 아름답고
별처럼 눈빛처럼
날마다 꽃 기다리는 즐거움
그대 마음 읽어요

글벗에게/최봉희

글벗에게

– 시조 최봉희, 손글씨 조성숙

글 쓰는 마음마다
꽃처럼 아름답죠

별처럼 달빛처럼
기다리는 즐거움

날마다
꽃 피는 행복
그대 마음 읽어요

새봄을
맞이하는 힘겨운
길목마다
작은 키울방 솔망
무리지어
웃는 꽃

최봉희 님
시
깽깽이 꽃
중에서

깽깽이풀

– 시조 최봉희, 손글씨 시원

줄기 없는 뿌리에서
잎들은 기지개 켜고
둥글고 긴 잎자루
잎새에 빛이 난다
해맑은 물 흐르듯이
동그르르 동동동

새봄을 맞이하는
힘겨운 길목마다
작은 키 올망졸망
무리 지어 웃는 꽃
가늘고 긴 꽃대마다
깽깽이를 켜는 중

강아지풀을 뜯듯
깽깽이 연주하면
보랏빛 꽃잎 열고
봄맞이 나서는 중
이제는 안심하세요
위로하듯 말하네

말모이

– 시조 최봉희, 손글씨 이진영, 김종기

우리말 저버리면 나라를 잃게 되오
겨레말 사랑하여 굳세게 지킨 열정
백 주년 삼일절 아침 가슴 여는 큰 외침

말 모아 마음 모아 새롭게 찾은 글말
그분의 뜻을 따라 배달말 지키리라
오늘도 지켜야 하리 우리 글말 말모이

* 말모이 : 우리나라 최초의 국어사전, 주시경 선생님이 1910년
조선광문회에서 국어사전 편찬하고자 했으나 1914년에 돌아가
셔서 마무리하지 못했다. 그 후 1929년 10월에 조선어학회가
국어사전 편찬사업을 재개하나 108명의 회원을 구속하고 고문하
는 조선어학회 사건이 일어나 그 이후에 중단되었다. 1945년 9
월 8일에 서울역 창고해서 말모이 원고가 발견되어 사전편찬을
시작, 을유문화사에서 1947년에 1권, 1957년 조선말큰사전 5권
등 총 6권 16만 4,125개의 어휘를 담은 사전을 마침내 46년만
에 발간했다.

보춘화(報春花)

– 시조 최봉희, 손글씨 김종기

해안의 삼림 속에
소나무 많은 곳에
줄기 끝 꿈을 세워
함께 모여 사는 삶
흰색 꽃 홍자색 반점
황록색 봄 알리네

자라는 환경 따라
살아갈 조건 따라
알맞게 변신하는
고귀한 삶의 가치
힘겨운 삶을 살아야
진정한 봄 안다네

66_ 최봉희 시조집 - 사랑꽃(3)

9월에게

- 시조 최봉희, 손글씨 백미경

당신의 마음속에
고요함 가득하게

사랑이 머무는 꿈
행복을 기원해요

열매달
햇살의 언어
감사의 글 적지요

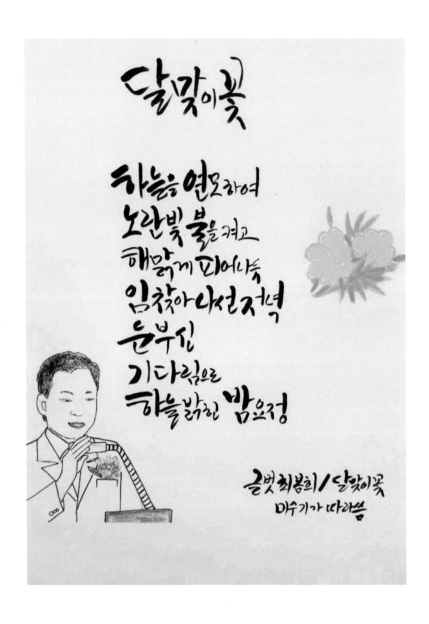

달맞이꽃

하늘을 연모하여
노란빛 불을 켜고
해맑게 피어나듯
임 찾아 나선 저녁
눈부신
기다림으로
하늘 밝힌 밤요정

글벗 최봉희 / 달맞이꽃
마주기가 따라씀

달맞이꽃 (2)

– 시조 최봉희, 손글씨 김미숙

하늘을 연모하여
노란빛 불을 켜고
해맑게 피어나듯
임 찾아 나선 저녁
눈부신
기다림으로
하늘 밝힌 밤 요정

행복

아무리 나누어도
줄곧 줄지 않는

화수분 나눔곳간
보기는 사랑줄 말

마음 꽃
서로 손 잡고
희망 찾는 웃음꽃

행복히 사는
유송쓰다

유송

행복(2)

- 시조 최봉희, 손글씨 우양순

아무리 나누어도
조금도 줄지 않는

화수분 나눔 곳간
오가는 사랑 글말

마음을
서로 손잡고
희망 찾는 웃음꽃

가을의 꿈

최봉희

가을은 지나간 꿈
이야기 나누면서
하나의 이름으로
손 잡고 다시 모여
소중한
나눔의 기쁨
감사하며 웃는 날

가을의 꿈

— 시조 최봉희, 손글씨 최승찬, 김종기

가을은 지나간 꿈
이야기 나누면서
하나의 이름으로
손잡고 다시 모여
소중한 나눔의 기쁨
감사하며 웃는 날

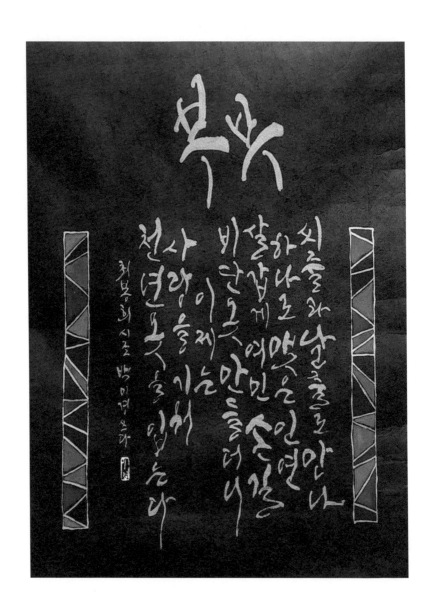

부부

– 시조 최봉희, 손글씨 백미경

씨줄과 날줄로 만나
하나로 맺은 인연

살갑게 여민 손길
비단옷 만들더니

이제는
사랑을 기워
천년 옷을 입는다

꽃바람　　최 봉 희

메마른
세상에게
무엇을 주려는지

닫힌 문
열어보려
달려온 힘찬 숨결

오므린
꽃사슴 찾아
눈을 뜨라 말한다

꽃바람

- 시조 최봉희, 손글씨 이하묵

메마른
세상에서
무엇을 주려는지

닫힌 문
열어보려
달려온 힘찬 숨결

오므린
꽃사슴 찾아
눈을 뜨라 말하네

꽃잠

시조 최봉희
손글씨 이양희

한 평생
살아가며
가슴에 품은 향기

둘에서
한 몸으로
오롯이 키운 사랑

천년을
그리움으로
몽당몽당 산다오

YANGHEE

꽃잠⑵

- 시조 최봉희, 손글씨 이양희

한평생
살아가며
가슴에 품은 글말

둘이서
한 몸으로
오롯이 키운 사랑

천년을
그리움으로
콩당콩당 산다오

처음처럼

– 시조 최봉희, 손글씨 우양순

하루를
시작하며
좋은 일 꿈꾸지요

첫마음
여는 아침
바로 서는 그 순수

두 손을
마주 잡고서
감사하는 첫 기도

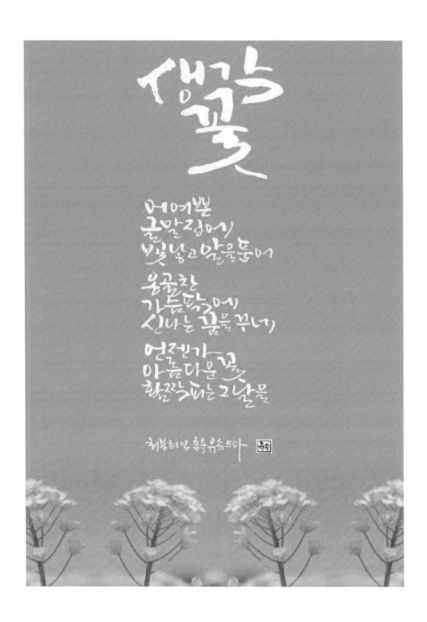

생각 꽃

예뻐쁜
글말림에
빛 넣고 말을 품어

옹골찬
가슴밭에
신나는 꿈을 꾸네

언젠가
아름다운 꽃
활짝 피는 그날을

최봉희님 詩를 묵송쓰다

생각꽃

- 시조 최봉희, 손글씨 우양순

어여쁜
글말 집에
빛 낳고 알을 품어

옹골찬
가슴팍에
신나는 꿈을 꾸네

언젠가
아름다운 꽃
활짝 피는 그날을

메밀여뀌

고향은 중국이라
제주에 시랑 많고
더듬을 기는 줄기마디
뿌리내려 자라는 꿈
해마다 가물이 더면
고향 향해 물들지요

산에 들에 피는 우리 꽃
'메밀여뀌' 행복히 늘러
무슬품어 쓰마

메밀여뀌

– 시조 최봉희, 손글씨 우양순

고향은 중국이라
제주에 시집왔죠

땅을 기는 줄기 마디
뿌리 내려 자라는 꿈

해마다
가을이 되면
고향 향해 물들지요

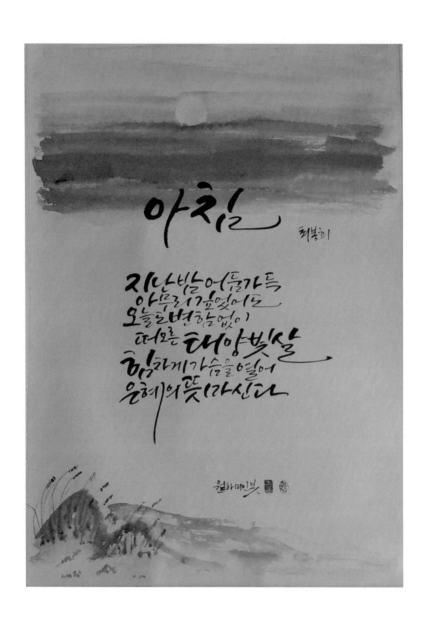

아침

최봉희

지난밤을 어둠 가득
아우르기 목 잊어도
오늘도 변함없이
떠오른 태양빛살
힘차게 가슴을 열어
은혜의 뜻 따르신다

월하 메인북

아침

– 시조 최봉희, 손글씨 조성숙

지난밤 어둠 가득
아무리 깊었어도

오늘도 변함없이
떠오른 태양 빛살

힘차게
가슴을 열어
은혜의 뜻 마신다

아침
최봉희

지난밤
어둠가득
아무리
깊었어도

오늘은
변함없이
떠오른
태양빛살

힘차게
가슴을열어
은혜의뜻
마신다

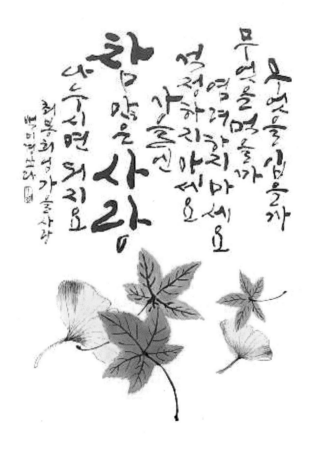

무엇을 잡을까
무엇을 먹을까
염려하지 마세요
걱정하지 마세요
사를신 아세요
참많은 사랑
다누시면 되지요
최봉희가 올사랑

가을 사랑

– 시조 최봉희, 손글씨 백미경

무엇을 입을까
무엇을 먹을까

염려하지 마세요
걱정하지 마세요

가을엔
참 많은 사랑
나누시면 되지요

산수유

최봉희

산골짝 돌밭이나
그늘진 계곡에서
알카리토양에서

노랑꽃 피어나고
산성땅 파란꽃내음
싱그러운 산수유

기해면 하늘연달
열음 가리 산다· 열희

산수국(山水菊)

– 시조 최봉희, 손글씨 채혜숙

산골짝 돌밭이나
그늘진 계곡에서
알칼리 토양에서
분홍 꽃 피어나고
산성 땅 푸른 꽃 내음
싱그러운 산수국

화려한 가짜 꽃은
벌 나비 유혹하듯
내 안의 작은 향기
변하기 쉬운 마음
산수국 지혜로운 꽃
마음 안정시키네

꽁보리밥

최봉희

빈 양푼 넉넉하게
가슴에 채워지면

품품 내 그윽한 향
종달새 지저귀고

그윽한
어머니 손길
그리워라
고향기

손글씨: 이 양희

꽁보리밥

– 시조 최봉희, 손글씨 이양희

빈 양푼 넉넉하게
가슴에 채워지면

풀꽃 내 그윽한 향
종달새 지저귀고

그윽한
어머니 손길
그리워라 그 향기

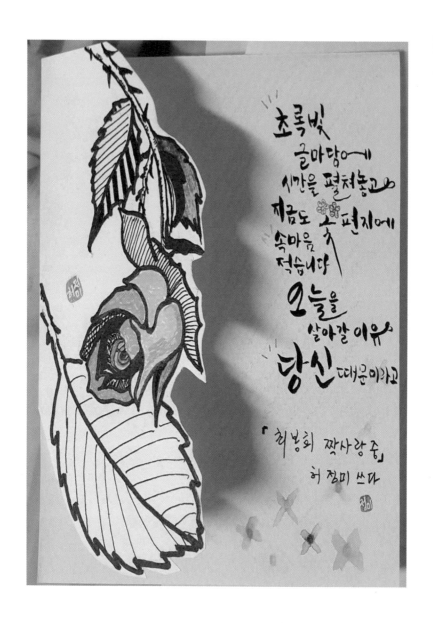

초록빛
글마당에
시간을 펼쳐놓고
지금도 꽃편지에
속마음
적습니다
오늘을
살아갈 이유
당신 때문이라고

「최봉희 짝사랑 중」
허 정미 쓰다

짝사랑

- 시조 최봉희, 손글씨 허정미

초록빛 글 마당에
시간을 펼쳐 놓고

지금도 꽃 편지에
속마음 적습니다

오늘을
살아갈 이유
당신 때문이라고

인생에 주어진 꿈
쾌족한 행복 찾기
세상의 돈과 명예
행복은 아니라네
이제는 행복 찾는
마음의 문 열어라

최봉희 / 행복(3)中에서

미수기카툰캘리

행복(3)

- 시조 최봉희, 손글씨 김미숙

인생에 주어진 꿈
쾌족한 행복 찾기
세상의 돈과 명예
행복은 아니라네
이제는 행복을 찾는
마음의 문 열어라

이웃을 사랑하면
행복에 이르는 길
마음속 조화로운
나눔이 필요해요
너와 나 함께 웃으면
행복의 문 열려요

보리죽 떠먹어도
마음에 달려있고
거친 옷 걸쳤어도
긍정의 꼭지 틀면
우리가 살아갈 세상
행복의 꽃핀다오

제3부

사랑의 향기

첫키스

마주친 눈빛으로
첫마음 사로 잡다

떨리는 심장소리
내 안에 그를 찾다

달콤한
사랑의 햇살
천사 날개 훔치다

최봉희님 시조 Yonghee 쓰다-

첫 키스(1)
– 시조 최봉희, 손글씨

마주친 눈빛으로
첫 마음 사로잡다

떨리는 심장 소리
내 안에 그를 찾다

달콤한
사랑의 햇살
천사 날개 훔치다

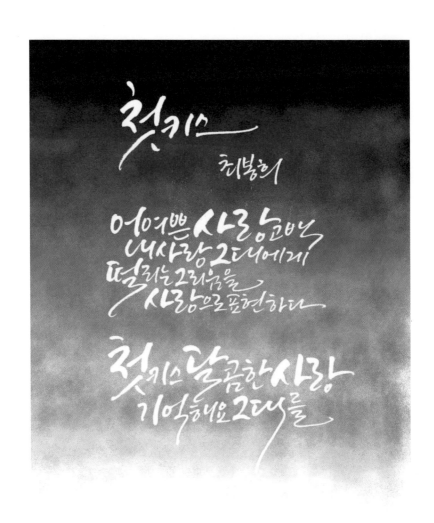

Calligraphy design by 🖋

첫 키스(2)

- 시조 최봉희, 손글씨 조성숙

어여쁜 사랑 고백
내 사랑 그대에게
떨리는 그리움을
사랑으로 표현하다
첫 키스 달콤한 사랑
기억해요. 그대를

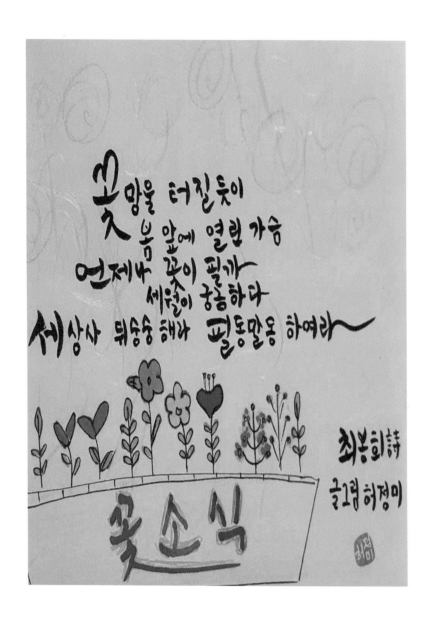

꽃소식(4)

– 시조 최봉희, 손글씨 허정미

꽃망울 터질 듯이
봄 앞에 열린 가슴

언제나 꽃이 필까
세월이 궁금하다

세상사
뒤숭숭해라
필동말동하여라

꽃다발   최봉희

눈부신
햇살 마당
사립문 열어놓고

연둣빛
갈아입은
마음은 콩닥콩닥

선홍빛
볼연지 곱게
서두르는 몸단장

꽃소식

- 시조 최봉희, 손글씨 김원봉

눈부신
햇살마당
사립문 열어놓고

연둣빛
새 옷 입은
마음은 싱숭생숭

선홍빛
볼연지 곱게
서두르는 몸단장

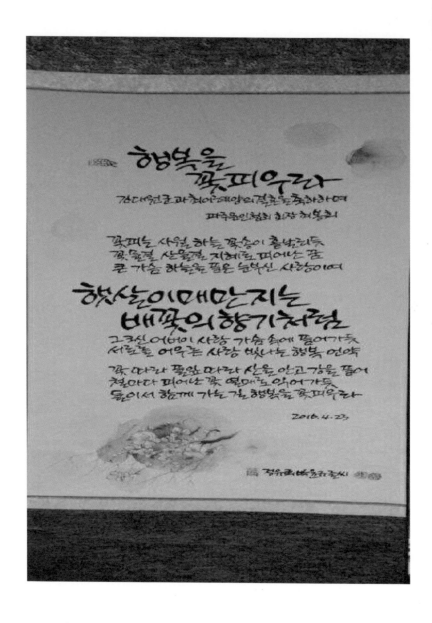

행복을 꽃피우라

- 김대원 군과 최이례 양의 결혼을 축하하며

시조 최봉희, 손글씨 박윤규

꽃 피는 사월 하늘 꽃송이 흩날리듯
꽃물결 산물결 지혜로 피어난 꿈
큰 가슴 하늘을 품은 눈부신 사랑이여

햇살이 매만지는 배꽃의 향기처럼
그 크신 어버이 사랑 가슴 속에 품어가듯
서로를 어우른 사랑 빛나는 행복 언약

꽃 따라 풀잎 따라 산을 안고 강을 품어
철마다 피어난 꽃 열매로 익어가듯
둘이서 함께 가는 길 행복을 꽃피우라

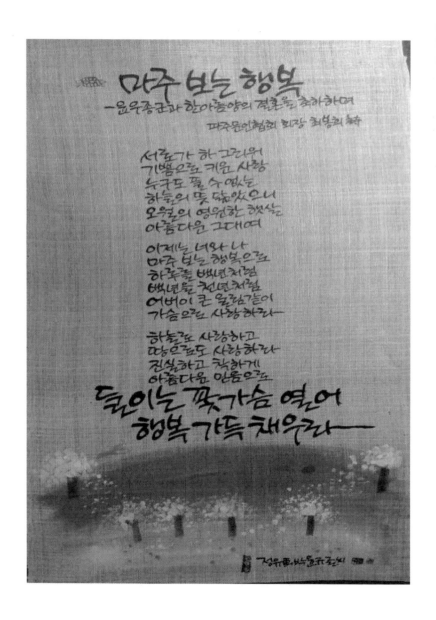

마주 보는 행복
─윤우종군과 한아름양의 결혼을 축하하며

파주문인협회 회장 최봉희 獻詩

서로가 하 그리워
기쁨으로 키운 사랑
누구도 풀 수 없는
하늘의 뜻 닮았으니
오우월의 영원한 햇살
아름다운 그대여

이제는 너와 나
마주 보는 행복으로
하루를 백년처럼
백년을 천년처럼
어버이 큰 울타리늘이
가슴으로 사랑하라

하늘로 사랑하고
땅으로도 사랑하라
진실하고 착하게
아름다운 얼굴으로
둘이늘 꽃가슴 열어
행복 가득 채우라─

마주 보는 행복

- 윤우종 군과 한아름 양의 결혼을 축하하며

시조 최봉희, 손글씨 박윤규

서로가 하 그리워 기쁨으로 키운 사랑
누구도 풀 수 없는 하늘의 뜻 닮았으니
오월의 영원한 햇살 아름다운 그대여

이제는 너와 나 마주 보는 행복으로
하루를 백 년처럼 백 년을 천년처럼
어버이 큰 울림같이 가슴으로 사랑하라

하늘로도 사랑하고 땅으로도 사랑하라
진실하고 착하게 아름다운 믿음으로
둘이는 꽃 가슴 열어 행복 가득 채우라

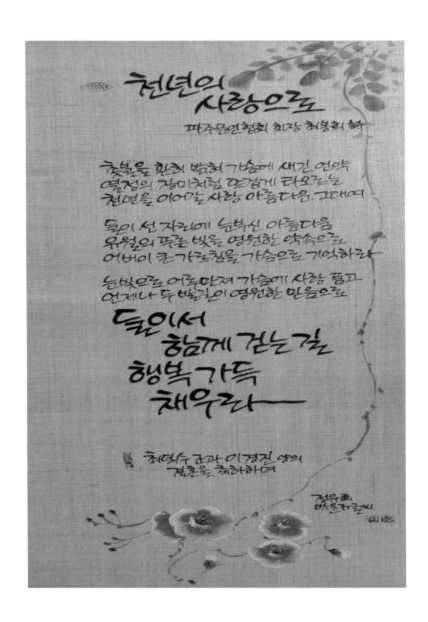

천년의
사랑으로
파주문인협회 회장 최봉희 詩

촛불을 합쳐 밝혀 가슴에 새긴 언약
열정의 장미처럼 뜨겁게 타오르는
천년을 이어가는 사랑 아름다운 그대여

둘이 선 자리에 눈부신 아름다움
유월의 푸른 빛을 영원한 약속으로
어버이 큰 가르침을 가슴으로 기억하라

눈빛으로 어루만져 가슴에 사랑 품고
언제나 두 빛깔의 영원한 믿음으로

둘이서
함께 걷는 길
행복 가득
채우라

최학수 군과 이경진 양의
결혼을 축하하며

청유화
먹선자글씨
최봉희

천년의 사랑으로

- 최덕수 군과 이경진 양의 결혼을 축하하며

시조 최봉희, 손글씨 박윤규

촛불을 환히 밝혀 가슴에 새긴 언약
열정의 장미처럼 뜨겁게 타오르는
천년을 이어갈 사랑 아름다운 그대여

둘이 선 자리에 눈부신 아름다움
유월의 푸른 빛을 영원한 약속으로
어버이 큰 가르침을 가슴으로 기억하라

눈빛으로 어루만져 가슴에 사랑 품고
언제나 두 발길이 영원한 믿음으로
둘이서 함께 걷는 길 행복 가득 채우라

시와 그림(I)

– 시조 최봉희, 손글씨 허정미

글말로 그린 그림
그림에 담은 노래

시 속에 그림 있고
그림 속 시가 있네

둘이서
함께 만난 꿈
사랑의 글 그린다

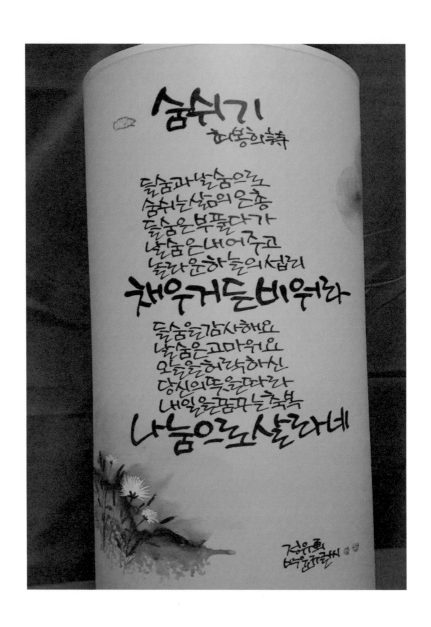

숨쉬기

허봉희 놀축

들숨과 날숨으로
숨쉬는 삶의 은총
들숨은 부풀다가
날숨은 내어주고
놀라운 하늘의 섭리
채우거든 비워라

들숨을 감사해요
날숨은 고마워요
오늘을 허락하신
당신의 뜻을 따라
내일을 꿈꾸는 축복
나눔으로 살라네

숨쉬기

- 시조 최봉희, 손글씨 박윤규

들숨과 날숨으로
숨쉬는 삶의 은총
들숨은 부풀다가
날숨은 내어주고
놀라운 하늘의 섭리
채우거든 비워라

들숨을 감사해요
날숨은 고마워요
오늘을 허락하신
당신의 뜻을 따라
내일을 꿈꾸는 축복
나눔으로 살라네

사랑꽃

최봉희

그대는 아시나요
꽃피는 이유를
당신만 바라보며
오롯이 꽃피는 맘
세상의
모든 곳에서
그대 마음
꿈꾸죠

꽃피면 아름답죠
당신이 더 예뻐요
그대를 꿈꾸면서
살며시 읊조려요
오늘도 기다렸어요
마주보고 웃는 날

지용 이동자 쓰고 그리다

사랑꽃(23)

– 시조 최봉희, 손글씨 이동자, 박윤규, 허정미

그대는 아시나요
꽃 피는 이유를
당신만 바라보며
오롯이 꽃 피는 맘
세상의 모든 곳에서
그대 마음 꿈꾸죠

꽃 피면 아름답죠
당신이 더 예뻐요
그대를 꿈꾸면서
살며시 읊조려요
오늘도 기다렸어요
마주 보고 웃는 날

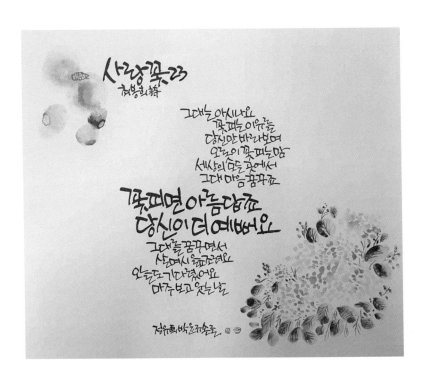

사랑꽃23
최봉희詩

그대는 아시나요
꽃 피는 이유를
당신만 바라보며
오늘이 꽃 피는 맘
세상의 모든 꽃에서
그대 마음 꿈꾸죠

꽃 피면 아름답죠
당신이 더 예뻐요

그대를 꿈꾸면서
살며시 웃고 그려요
오늘도 기다렸어요
마주 보고 있는 날

정유희/박효순손글

사랑 꽃 (23)

최봉희 詩

그대는 아시나요
꽃 피는 이유를
당신만 바라보며
오롯이 꽃피는 맘
세상의
모든 곳에서
그대 마음
꿈꾸죠

최봉희 「사랑꽃」 중에서~

글빛 허정이 그리고 쓰다

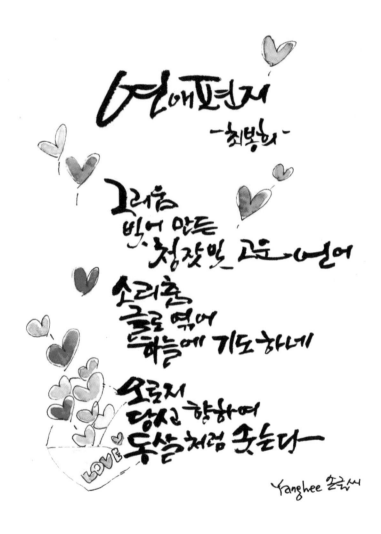

연애편지

-최봉희-

그리움
받어 만든
청잣빛 고운 언어

소리춤
글로 엮어
두 하늘에 기도하네

오로지
당신 향하여
동생처럼 웃는다

Yanghee 손글씨

연애편지(I)

– 시조 최봉희, 손글씨 이양희

그리움
빚어 만든
청잣빛 고운 언어

소리춤
글로 엮어
하늘에 기도하네

오로지
당신 향하여
동살처럼 솟는다

* 동살 : 새벽에 동이 트면서 환하게 비치는 햇살

사랑꽃 12
글발 최봉희 詩

햇살이 그리워서
설레던 푸른 잎새

맨 서운 꽃샘바람
옷고름 풀어놓고

내품이
따습다면서
가슴여는 꽃대렴

사랑꽃(12)

– 시조 최봉희, 손글씨 박윤규

햇살이 그리워서
설레던 푸른 잎새

매서운 꽃샘바람
옷고름 풀어놓고

내 품이
따습다면서
가슴 여는 꽃대궐

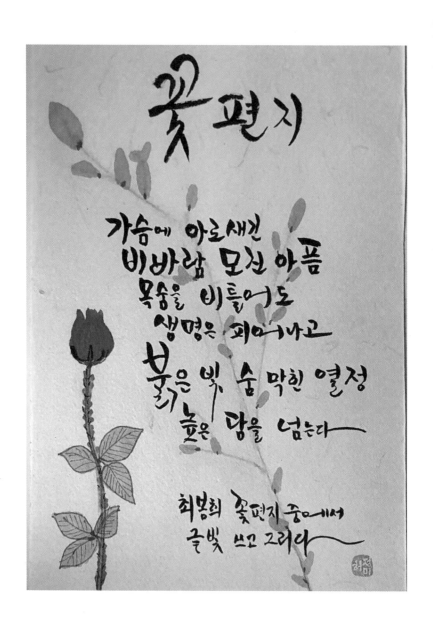

꽃편지

가슴에 아로새긴
비바람 모진 아픔
목숨을 비틀어도
생명은 피어나고
붉은 빛 숨 막힌 열정
높은 담을 넘는다

최봉희 꽃편지 중에서
글빛 쓰고 그리다

꽃편지(1)

- 시조 최봉희, 손글씨 허정미

어둠을 살라 먹은
햇살이 피어나면
곧추선 꽃대궁에
가슴 연 설렘으로
오늘도 분홍꽃 연서
그리움을 적는다

가슴에 아로새긴
비바람 모진 아픔
목숨을 비틀어도
생명은 피어나고
붉은빛 숨 막힌 열정
높은 담을 넘는다

눈빛을 입 맞추는
앙가슴 프러포즈
손잡고 가슴 비빈
열정의 희망 키스
보고픈 그대의 얼굴
그리워서 적는다

봄소식

최봉희 詩

햇살이
그렁그렁
매달린 창가에는

외마디
툭 투드득
혹한을 벗는 소리

훨 훨 훨
날개 펼치는
가슴 벅찬
새출발

글빛 허정미 그리고 쓰다

봄소식

햇살이
그렁그렁
매달린 창가에는

외마디
툭 투드득
혹한을 벗는 소리

훨훨훨
날개 펼치는
가슴 벅찬 새 출발

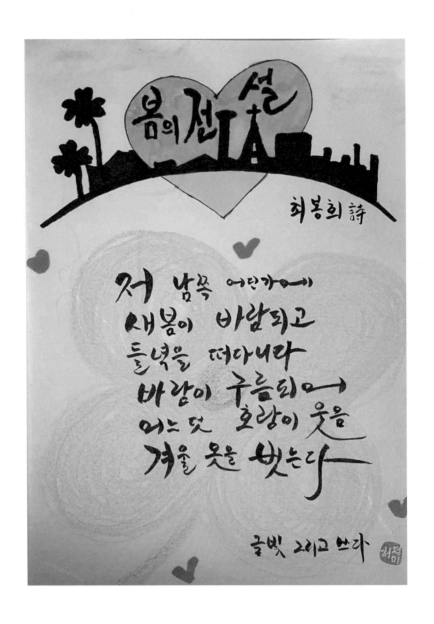

봄의 전설 LA

최봉희 詩

저 남쪽 어딘가에
새봄이 바람되고
들녘을 떠다니라
바람이 구름되어
어느 덧 호랑이 웃음
겨울 옷을 벗는다

글빛 그리고 쓰다

봄의 전설

저 남쪽 어딘가엔
새봄이 바람 되고
들녘을 떠 다니다
바람이 구름 되어
어느덧 호랑이 웃음
겨울옷을 벗는다

어쩌다 봄의 향기
햇살 속 어긋버긋
우리들 마음보다
서두른 꽃망울들
톡톡톡 유쾌한 함성
웃음꽃이 벙글다

연애편지

- 최봉희 -

한사랑 그리운정
첫마음 적은 편지

산들럼 한금에
그만 젖어 버렸네

아뿔싸
가슴막 연정
첫사랑이 따습다

- 최봉희님 시. 이양희 손글씨 -

연애편지(4)

한 사람
그리운 정
첫 마음 적은 편지

산돌림
흐느낌에
그만 젖어 버렸네

아뿔싸
가슴팍 연정
첫사랑이 따습다

* 산돌림 : 산기슭에 내리는 소나기

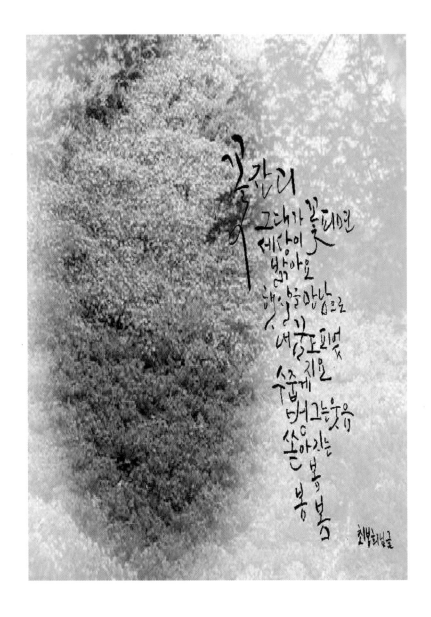

꽃잔디

그대가 꽃피면
세상이
밝아요

행복을 만남으로
어느 꽃잎
지고

수줍게
며 그늘 웃음
솟아지는 봄
봄 봄

최봉희님글

꽃잔디

그대가 꽃이 피면
세상이 참 밝아요

당신을 만남으로
내 꿈도 피었지요

수줍게
벙그는 웃음
쏟아지는 봄봄봄

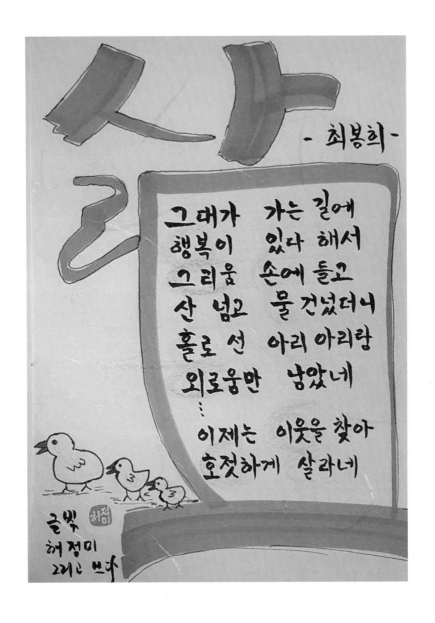

삶(1)

그대가 가는 길에
행복이 있다 해서
그리움 손에 들고
산 넘고 물 건넜더니
홀로 선 아리 아리랑
외로움만 남았네

홀로는 살 수 없어
스스로 길이 되어
평생을 찾아나선
허우룩 인생 고개
이제는 이웃을 찾아
호젓하게 살라네

* 허우룩 : 매우 친하게 지내던 사람과 이별하여 텅 빈 것같
이 허전하고 서운함

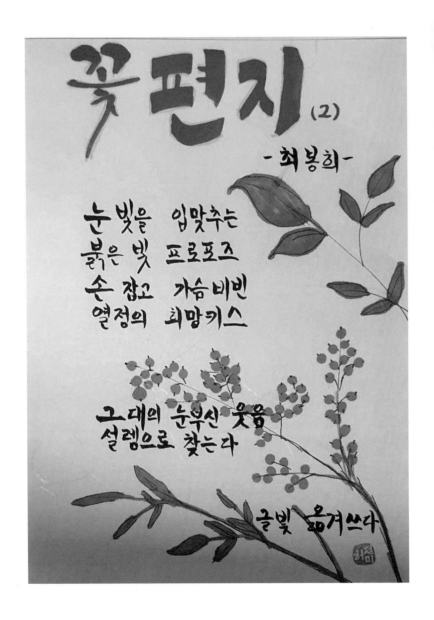

꽃편지 (2)

-최봉희-

눈빛을 입맞추는
붉은 빛 프로포즈
손 잡고 가슴비빈
열정의 희망키스

그대의 눈부신 웃음
설렘으로 찾는다

글빛 옮겨쓰다

꽃편지(2)

가슴에 아로새긴
시린 추억 나이테들
목숨을 비틀어도
생명은 피어나듯
마침내 숨막힌 열정
높은 담을 넘는다

눈빛을 입 맞추는
붉은 빛 프러포즈
손잡고 가슴 비빈
열정의 희망 키스
그대의 눈부신 웃음
설렘으로 찾는다

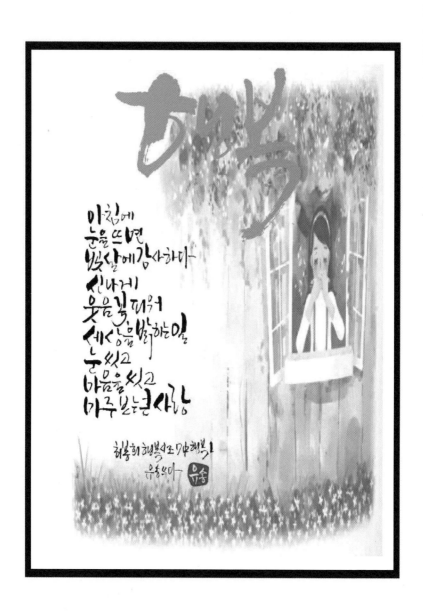

아침에
눈을 뜨면
햇살에 감사하다
신나게
웃음짓 띄워
세상을 밝히는 일

눈 씻고
마음을 씻고
마주 보는 건 사랑

최봉희 행복시조 가나행복1
유송쓰다 유송

행복(1)

- 시조 최봉희, 손글씨 우양순

아침에
눈을 뜨면
빛살에 감사하다

신나게
웃음꽃 피워
세상을 밝히는 일

눈 씻고
마음을 씻고
마주 보는 큰 사랑

제4부

라벤더 향기

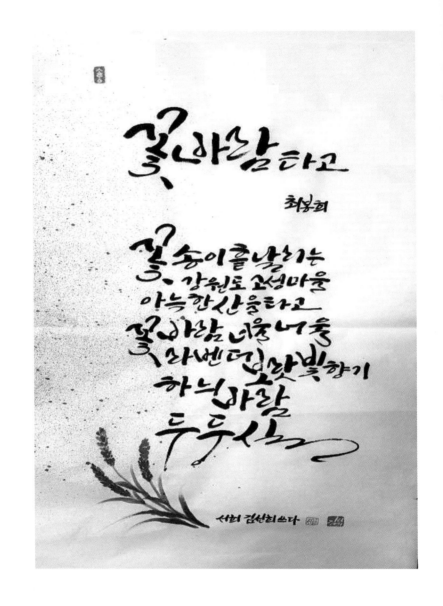

대답해 주세요

– 시조 최봉희, 손글씨 김선희

1) 꽃바람 타고

꽃송이 흩날리는
강원도 고성 마을
아늑한 산을 타고
꽃바람 너울너울
라벤더 보랏빛 향기
하늬바람 두둥실

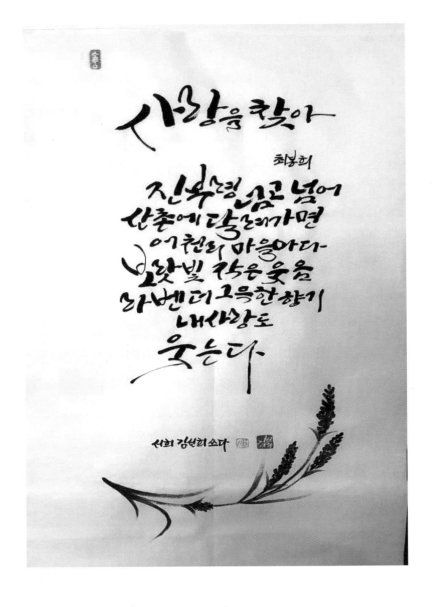

사랑을 찾아

최봉희

진부령 굽고 넘어
산촌에 다다르면
어귄나 마을마다
오랏빛 작은 웃음
라벤더 그윽한 향기
내사랑도
웃는다.

서희 김선희 쓰다

대답해 주세요

2) 사랑을 찾아

진부령 넘고 넘어
산촌에 달려가면
어천리 마을마다
보랏빛 작은 웃음
라벤더 그윽한 향기
내 사랑도 웃는다

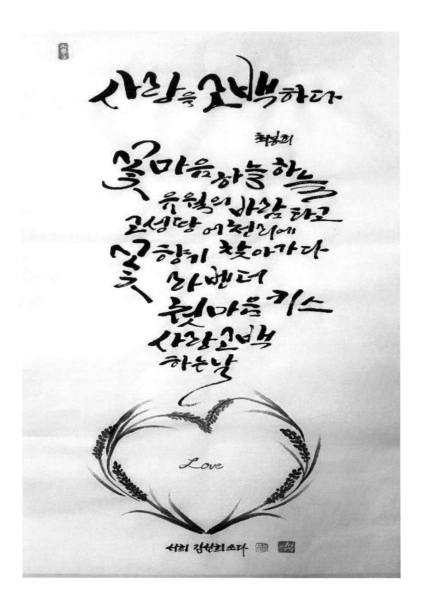

사랑을 고백하다

최봉희

꽃마음 하늘 하늘
유혹의 바람 타고
고성당 어천리에
설 향기 찾아가다
라벤더
첫마음 키스
사랑고백
하는날

Love

서희 김선희 쓰다

대답해주세요

3) 사랑을 고백하다

꽃마음 하늘하늘
유월의 바람 타고
고성 땅 어천리에
꽃향기 찾아가다
라벤더 첫 마음 키스
사랑 고백하는 날

미소로답하다

최봉희

그대를 사랑해요
대답해주실래요
달콤한 입맞춤에
미소로 답한 사랑
라벤더 꽃피는 전설
사랑해요
그대를

서희 김선희 쓰다

대답해주세요

4) 미소로 답하다

그대를 사랑해요
대답해 주실래요
달콤한 입맞춤에
미소로 답한 사랑
라벤더 꽃 피는 전설
사랑해요 그대를

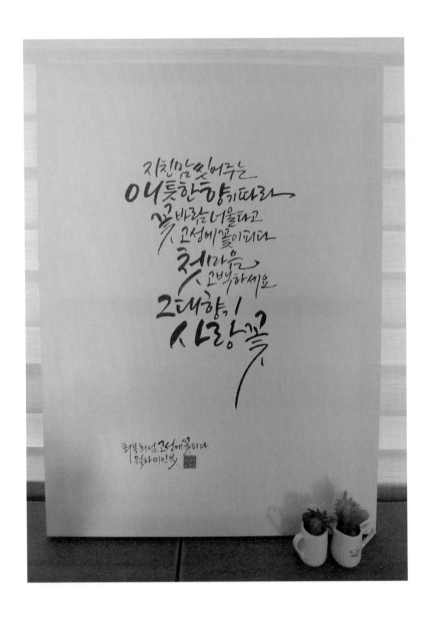

지친맘 씻어주는
애틋한 향기 따라
꽃바람 너울 타고
고성에 꽃이 피다
첫마음
고백하세요
그대 향기
사랑꽃

행복해 님 고성에 꽃피다
뭉하미인

라벤더 사랑

- 시조 최봉희, 손글씨 조성숙

1) 고성에 꽃 피다

지친 맘 씻어주는
애틋한 향기 따라
꽃바람 너울 타고
고성에 꽃이 피다
첫 마음 고백하세요
그대 향기 사랑꽃

라벤더 사랑

2) 첫 키스

어여쁜 사랑 고백
내 사랑 그대에게
떨리는 그리움을
사랑으로 표현하다
첫 키스 달콤한 사랑
기억해요 그대를

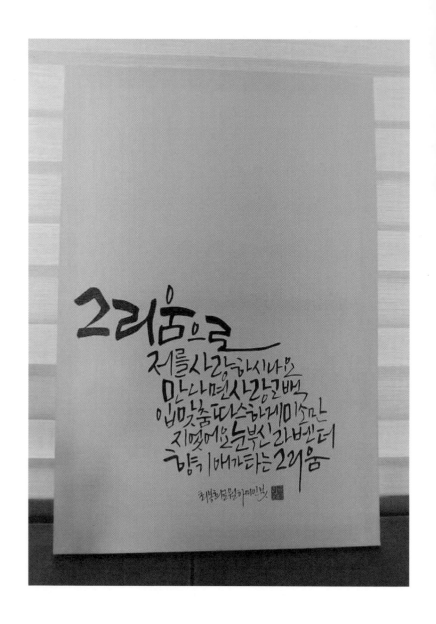

라벤더 사랑

3) 그리움으로

저를 사랑하시나요
만나면 사랑 고백
입맞춤 따스하게
미소만 지었어요
눈부신 라벤더 향기
애가 타는 그리움

라벤더 사랑

4) 기다림으로

전장에 출정하는
그대를 찾아가서
애끓는 사랑 고백
저를 잊지 마세요
이별은 기다림으로
입맞춤을 꿈꾸다

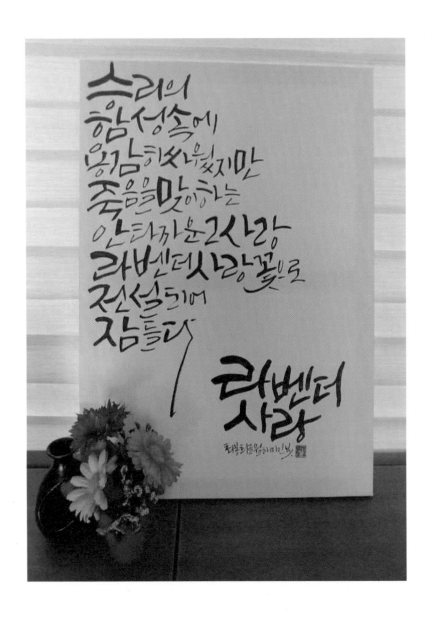

라벤더 사랑

5) 라벤더 사랑

승리의 함성 속에
용감히 싸웠지만
죽음을 맞이하는
안타까운 그 사랑
라벤더 사랑꽃으로
전설되어 잠들다

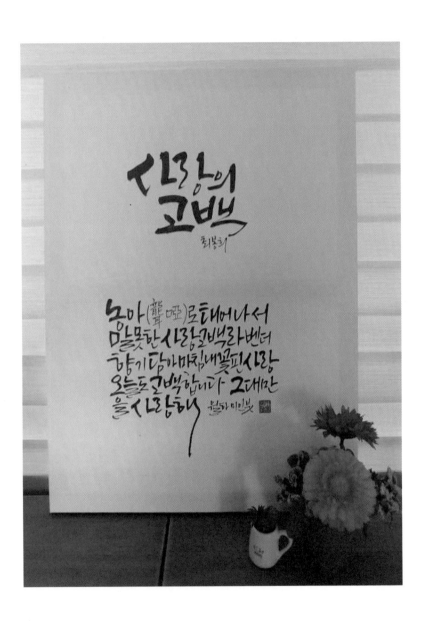

라벤더 사랑

6) 사랑의 고백

농아(聾啞)로 태어나서
말 못한 사랑 고백
라벤더 향기 담아
마침내 꽃핀 사랑
오늘도 고백합니다
그대만을 사랑해

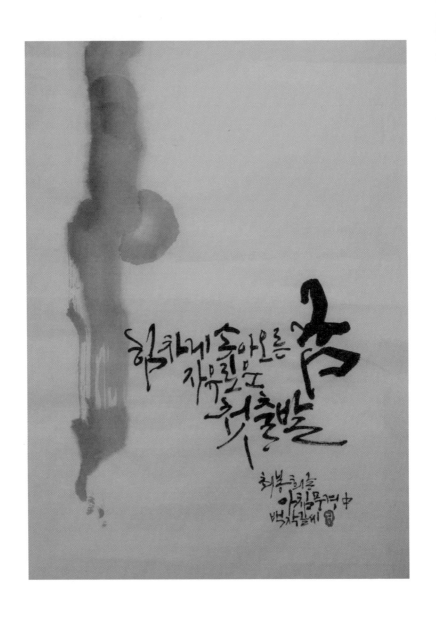

아침 풍경(2)

- 시조 최봉희, 손글씨 백미경

창밖을 바라보면
소리 없는 노랫소리
떠오른 해가 만든
눈부신 희망 젖줄
세상은 고요 속에서
무지갯빛 춤사위

저 너머 들리는 것
신명 난 노랫소리
저 너머 보이는 것
해맑은 영혼의 빛
힘차게 솟아오른 꿈
자유로운 첫출발

뜨거운 글발
—최봉희—

온마음 담은 글발 간절한 뜻 것고
내사랑 내 긍심 모두다 내어주리
사랑 드 끝때까지 온몸으로 말하리

그대를 이해하고 아끼니 품어주는
사랑은 감정아닌 의리와 도력이고
오로지 뜨거운 언어 그대위해
쓸게요

뜨거운 글말

- 시조 최봉희, 손글씨 이종재

온 마음 담은 글말
진정한 몸짓으로
내 사랑 남김없이
모두 다 내어주리
그 사랑
느낄 때까지
온몸으로 말하리

그대를 이해하고
아끼고 품어주는
사랑은 감정 아닌
의지와 노력이죠
오롯이
뜨거운 언어
그대 위해 쓸게요

별꽃 바람꽃

최봉희

별빛 따라
바람꽃
화려하다
잉크 흐르듯
엎지른듯
향수를
진한 청색
바람꽃
덧없는
사랑
그리움에
멍든다~

사진:권오섭님

별피기바람꽃

– 시조 최봉희, 손글씨 려송 김영섭

뿌리와
잎을 따라
바람꽃 화려하다

잉크를
엎지른 듯
암수술 진한 청색

바람꽃
덧없는 사랑
그리움에 멍들다

장미와 소나무

– 시조 최봉희, 손글씨 이종재

수 많은 인연 중에
뜻 깊은 만남으로
서로를 마주 보는
한 마음 사랑이죠
둘이서 하나가 되듯
아름다운 큰 행복

언제나 늘 푸르게
당신을 지킬게요
사시사철 변함없이
당신을 꿈꿉니다
언제나 넉넉한 그늘
내 품안에 있어요

언제나 활짝 웃는
그대의 사랑처럼
눈부신 열정으로
우리를 지킨 약속
언제나 활짝 피세요
아름다운 그대여

그대는 아름다운 꽃
최봉희

사랑이 가득한 곳 금촌의 배움터에
새내기 이름으로 우리가 만났어라
서로가 맞잡은 마음 어깨동무 일세구

푸른꿈 펼쳐보라 빛나는 열정으로
무지갯 빛 사랑으로 모두가 함께 하는
한마음 어깨 춤사위 행복 웃음 펼치라

서로가 하나되어 어깨춤 덩실 덩실
우렁찬 웃음으로 사랑을 노래하라
그대의 아름다운 꿈 만방에 떨치래

오늘을 노래하라 열정으로 창조하라
가슴에 품은 이름 무지갯 빛 사랑나눔
우리는 겨레의 자랑 아름다운 꿈이여

그대는 아름다운 꽃

– 시조 최봉희, 손글씨 박찬근

사랑이 가득한 곳 금촌의 배움터에
새내기 이름으로 우리가 만났어라
서로가 맞잡은 마음 어깨동무 얼씨구

푸른 꿈 펼쳐보라 빛나는 열정으로
무지갯빛 사랑으로 모두가 함께하는
한마음 어깨 춤사위 행복 웃음 펼치자

서로가 하나 되어 어깨춤 덩실덩실
우렁찬 웃음으로 사랑을 노래하라
그대의 아름다운 꿈 만방에 펼치리니

오늘을 노래하라 열정으로 창조하라
가슴에 품은 이름 무지갯빛 사랑 나눔
우리는 겨레의 자랑 아름다운 꿈이여

새해 아침

시조: 최봉희

설렌 맘 가슴안고
달려온 시간만큼
흩어고 추억들을
살포시 추스르면
따뜻한 고향집 풍경
사무치는 그리움

세월은 흘러흘러
이제야 귀를 열다
새 아침 가슴품고
하늘뜻 헤아린다
겸손히 손을 모으며
감사하는 첫 마음

새해 아침

− 시조 최봉희, 손글씨 이양희

설렌 맘 가슴 안고
달려온 시간만큼
흩어진 추억들을
살포시 추스르면
따뜻한 고향집 풍경
사무치는 그리움

세월은 흘러흘러
이제야 귀를 열다
새 아침 가슴 품고
하늘 뜻 헤아린다
겸손히 손을 모으며
감사하는 첫 마음

새해 1

- 최봉희 -

소망이
하늘 닿아
세상이 열리던 날

겸손히
당신 향해
은총을 구했더니

오로지
사랑빛으로
올곧게 살라하네

새해 (1)

– 시조 최봉희, 손글씨 이양희

소망이
하늘 닿아
세상이 열리던 날

겸손히
당신 향해
은총을 구했더니

오로지
사랑빛으로
올곧게 살라하네.

새해 2

-최봉희-

한해의
시작이라
새 마음 가슴 품고

온전히
소망 담은
축복을 구하지만

하늘은
첫 마음 향기
사랑으로 살란다

새해 (2)

– 시조 최봉희, 손글씨 이양희

한 해의
시작이라
새 마음 가슴 품고

온전히
소망 담은
축복을 구하지만

하늘은
첫 마음 향기
사랑으로 살란다

새해 3

- 최봉희 -

소망이
하늘 닿아
세상이 열리는 날

겸손히
하늘 향해
은총을 간구하네

이웃을
내 몸과 같이
섬기면서 살라시네

Yanghee

새해 (3)

– 시조 최봉희, 손글씨 이양희

소망이
하늘 닿아
세상이 열리는 날

겸손히
하늘 향해
은총을 간구하니

이웃을
내 몸과 같이
섬기면서 살라시네

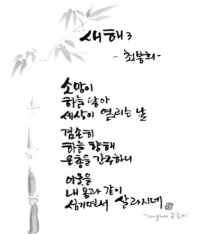

새해 4

최봉희

한 해의
창을 여는
눈부신 시작이다

따뜻한
설렘으로
축복을 소망하니

하늘은
새 옷을 입은
새 사람을 원하네

새해 (4)

– 시조 최봉희, 손글씨 이양희

한 해의
창을 여는
눈부신 시작이다

따뜻한
설렘으로
축복을 소망하니

하늘은
새옷을 입은
새 사람을 원하시네

■ 감사의 글

아름다운 글 나눔에 감사하며

박윤규, 정희애, 백미경, 김장수, 이양희, 조의용
이하묵, 김원봉, 김선희, 조성숙, 김미숙, 김혜숙
채혜숙, 김장수, 별하 미영, 윤정현, 구등회, 은송
박상범, 김종기, 이학희, 허정미, 박찬근, 최순하
정봉재, 김영섭, 안경희, 시원, 최승찬, 이종재

 위의 분들은 저와 함께 시로 그림으로 손글씨로 함께 해
주신 분들입니다. 다시금 존경의 마음으로 인사를 올립니
다. 그리고 사랑합니다. 저의 시조를 귀한 손글씨로 혹은
시화로 그려주신 30여 명의 작가님께 다시금 머리 숙여
깊은 존경과 감사의 마음을 표합니다.

 어느덧 손글씨 시화 작품으로 시조를 발표한 지 어느덧
20여 년이 흘렀습니다. 처음 만난 손글씨 작가는 부산에서
활동하시는 박윤규 선생님이셨습니다. 선생님은 시인이자
평론가 그리고 손글씨 작가로 활동하고 계십니다.

 2001년인 것으로 기억합니다. 서울 영등포의 한 전시장
에서 시조 작품 『동행』이 처음 선을 보였습니다. 그 만남

이 지금까지 계속해서 오늘까지 20년째 이어지고 있습니다. 얼마나 감사한지 말로 다 표현할 수 없습니다.

2018년 10월 30일에 연천의 종자와 시인박물관 시비공원에 저의 시조 작품『사랑꽃』이 시비로 건립되었습니다.

그리고 올해 2021년에 저의 여섯 번째 시조집 『사랑꽃(2)』와 일곱 번째 시조집 『사랑꽃(3)』을 시화집으로 출간하게 되었습니다. 다시 한번 손글씨와 시화 작품으로 함께 해주신 30명의 작가님께 머리 숙여 깊은 감사의 말씀을 올립니다.

특별히 경기도 연천에 위치한'종자와 시인 박물관'시비공원에 시비 『사랑꽃』을 건립해 주신 신광순 관장님께 다시금 깊은 감사의 인사와 존경의 마음을 전합니다.

여러모로 많이 부족합니다. 저 역시 글 나눔의 삶을 실천하는 시조시인, 평론가가 되도록 노력하겠습니다.

감사합니다.

2021년 7월 파주에서
저자 최봉희 올림

■ 글벗시선 140 최봉희 일곱 번째 시조집

사랑꽃(3)

인 쇄 일 2021년 7월 7일
발 행 일 2021년 7월 7일
지 은 이 최 봉 희
펴 낸 이 한 주 희
펴 낸 곳 도서출판 글벗
출판등록 2007. 10. 29(제406-2007-100호)
주　　소 경기도 파주시 와석순환로 16,(야당동)
　　　　　　롯데캐슬파크타운 905동 1104호
홈페이지 http://guelbut.co.kr
E-mail juhee6305@hanmail.net
전화번호 031-957-1461
팩　　스 031-957-7319
가　　격 15,000원
I S B N 978-89-6533-184-1 04810